王计兵 著

世界把我照亮

江苏凤凰文艺出版社

图书在版编目（CIP）数据

世界把我照亮 / 王计兵著. -- 南京：江苏凤凰文艺出版社, 2025.7.（2025.8重印）-- ISBN 978-7-5594-3696-2

Ⅰ. I227

中国国家版本馆CIP数据核字第2025V9F030号

世界把我照亮

王计兵 著

出 版 人	张在健
选题策划	鲁 米　刘一波
组稿编辑	于奎潮
责任编辑	孙楚楚
特约编辑	王婉君
装帧设计	周伟伟
责任印制	杨 丹
出版发行	江苏凤凰文艺出版社
	南京市中央路165号，邮编：210009
出版社网址	http://www.jswenyi.com
印　　刷	苏州市越洋印刷有限公司
开　　本	880毫米×1230毫米　1/32
印　　张	8.375
字　　数	160千字
版　　次	2025年7月第1版
印　　次	2025年8月第2次印刷
标准书号	ISBN 978-7-5594-3696-2
定　　价	58.00元

江苏凤凰文艺版图书凡印制、装订错误，可向出版社调换，联系电话 025-83280257

目录

第一辑：道路把我牵引

003 …… 布娃娃
004 …… 按下海浪
005 …… 赶时间的人
006 …… 墙
007 …… 月光下
008 …… 请叫我王计兵
009 …… 拐棍
011 …… 无题
012 …… 夜行
013 …… 站着打盹
014 …… 初冬还不是返乡的季节
016 …… 阵雨突袭
017 …… 等餐
018 …… 一个用速度生活的人

020 …… 用手掌在脸颊擦出崭新的土地

022 …… 给乌云戴上口罩

023 …… 地下订单

025 …… 从未如此

026 …… 把心里的水桶打满

027 …… 奔跑的蓝

029 …… 我的左眼，从不流泪

031 …… 纸终究敌不过一阵风

032 …… 小到不能再小的雨

033 …… 和一场秋雨互换角色

034 …… 特殊的外卖

第二辑： 故乡把我温暖

039 …… 旧时光

040 …… 坟头

041 …… 种庄稼的人

042 …… 泼水

044 …… 糖

046 …… 印章

048 …… 烟囱

049 …… 种地的人

051 …… 母亲三周年祭

056 …… 出租屋的窗外落了一只麻雀

058 …… 小村庄

059 …… 故乡的尺寸

060 …… 呼喊母亲

061 …… 我喜欢把父母写进诗歌

062 …… 落日慈悲

064 …… 四十八岁的孩子

066 …… 大风吹

068 …… 篱笆院

069 …… 有一种爱

070 …… 三妯娌

071 …… 星尘

073 …… 村庄的坟地

074 …… 写诗

076 …… 我们总是活得过于潦草

077 …… 五月入画

079 …… 佝偻

080 …… 失血的村庄

084 …… 野芦苇

087 …… 村庄和地图

088 …… 一只粗瓷碗

090 …… 迟疑

091 …… 旱情

093 …… 和留守老人攀谈一会儿

095 …… 空圈

096 …… 香烟

098 …… 火车穿过村庄

099 …… 石台上的老人

100 …… 娘

101 …… 沙子

103 …… 飘忽不定的故乡

105 …… 庄稼地

107 …… 取暖

108 …… 小花

110 …… 秋天，不仅收获果实和落叶

111 …… 羊儿匆匆回家

113 …… 留在人间的补丁

114 …… 小河被淹死

116 …… 我在一群孩子中间

117 …… 想念

118 …… 成熟的果子

120 …… 河水又瘦了一圈

122 …… 大年三十

124 ⋯⋯ 母亲的房间

125 ⋯⋯ 寻人启事

126 ⋯⋯ 如果

127 ⋯⋯ 整齐的田野

128 ⋯⋯ 庄稼地

129 ⋯⋯ 那户人家

131 ⋯⋯ 村庄里的树

第三辑： 世界把我照亮

135 ⋯⋯ 绕路

137 ⋯⋯ 银婚

138 ⋯⋯ 致爱人

140 ⋯⋯ 轨道上的树苗

141 ⋯⋯ 怀念

142 ⋯⋯ 用山取暖

144 ⋯⋯ 镜子

145 ⋯⋯ 包装盒

146 ⋯⋯ 双面夹克

147 ⋯⋯ 红

148 ⋯⋯ 春晚

149 ⋯⋯ 感觉

150 …… 岔道口

151 …… 木耳

152 …… 七夕的月亮

154 …… 拾荒者说

156 …… 长城

157 …… 月光那么白

159 …… 春晚遇到春节

160 …… 举杯

161 …… 再见

162 …… 篱笆

164 …… 海滩

166 …… 灰喜鹊

167 …… 火车

169 …… 草木一秋

170 …… 我不是诗人

172 …… 披格子披肩的姑娘

174 …… 在袁隆平故居

176 …… 长江

178 …… 这大片的麻雀落下来

179 …… 绿皮火车

180 …… 异乡人

181 …… 一根芦苇

183 …… 低处的鸟

184 …… 斜坡

185 …… 装苹果

186 …… 你不知道我多爱生活

187 …… 竹子

188 …… 逗号

190 …… 山洞

192 …… 露水没有落下来

193 …… 伤口

194 …… 慈悲

195 …… 阳光下

196 …… 美好人间

197 …… 打工潮

198 …… 写诗

199 …… 我爱

200 …… 灰烬万岁

201 …… 倒影

202 …… 无用之用

204 …… 时间的水分

205 …… 刻章

207 …… 举杯邀月

209 …… 路

211 …… 影子

213 …… 老照片

215 …… 献诗

217 …… 竹子或扁担

219 …… 春天

220 …… 刮脸

221 …… 老花眼镜

223 …… 开放的天空

225 …… 让诗越来越"矮小"

226 …… 爱从不孤立无援

228 …… 他都要碎了

229 …… 轻也是一种重量

230 …… 爱情

231 …… 自己就是一个世界——致董丽娜

233 …… 生活从不亏欠任何人

234 …… 一想到……

235 …… 对于河流的认知

237 …… 在路上

239 …… 岩羊

242 …… 藤蔓

243 …… 花开

244 …… 弯弯一枚月——致 W．F

246 …… 无名烈士纪念碑

247 …… 豆腐坊

248 …… 江海交汇第一湾

250 …… 在溆浦

251 …… 屈原岗

252 …… 洁净的露水——致屈原

253 …… 夹缝

254 …… 世界把我照亮

256 …… **后记**

第一辑：道路把我牵引

布娃娃

那个后备箱上挂着布娃娃的小哥
骑行时布娃娃左右不停地摆动
我多么希望
那一根吊着布娃娃的细绳
拴在布娃娃的腋下
如同一位母亲背着自己的孩子
而不是只套住布娃娃的脖子
像一条荡来荡去的命

按下海浪

电瓶车中途故障
接下来两公里的奔跑
让我的四肢
瘫软下来。让肉体
回归肉体本身
而我狂跳的心脏
又一次企图
冲出我的身体
企图趁我最疲惫的时候
从我的身体里逃离
好在长时间的风雨
早已捶打出我强健的胸膛
像岩石，一次次按下
汹涌的海浪

赶时间的人

从空气里赶出风
从风里赶出刀子
从骨头里赶出火
从火里赶出水

赶时间的人没有四季
只有一站和下一站
世界是一个地名
王庄村也是

每天我都能遇到
一个个飞奔的外卖员
用双脚锤击大地
在这个人间不断地淬火

墙

一次意外,铁皮锋利的边缘

割断了我右手小指的肌腱

后来,这个小指慢慢弯曲僵硬

仿佛身体上多出来的一个钩子

这很好,方便我悬挂

生活里突然多出来的外卖

那些滚烫或冰凉的外卖

时常挂在钩子上

让我看上去更像是一面行走的墙

月光下

阳光太拥挤了

只有月光

才容得下我的歌声

那么美好

大把大把的月光洒下来

我在光线里奔跑

就像奔跑在银子里

就像一个富足的人

那么美好

夜晚为我让出空间来

所有的夜色都是我的衬托

我听到有人说

看，那个外乡人

请叫我王计兵

我不叫兄弟
兄弟在别的城市
我不叫父母或孩子
他们都在乡下

我明明一动未动
名字却跑丢了
你可以叫我：上一个
也可以叫我：下一位

拐　棍

我们宁愿多跑几百米
去拍老张的肩膀
也不愿拨打老张的手机

老张把一个孩子的声音
设置成来电铃声，手机一响
工地上就爸爸爸爸地叫

我们时常逗老张
"拐棍，你爹打你手机了"
老张并不反驳，低着头像一根拐棍

多年来，我们都以为老张单身
直到一个也像拐棍一样的女人

来到工地,找老张离婚

老张有过一个儿子
淹死在自家门前的池塘里

无 题

我知道的很多小路

导航并不知道

每逢送餐,当我拐进捷径

导航就会反复提醒

您已偏离路线,您已偏离路线

直到我再次进入导航路线

和导航一致

这多像一些真理

被少数人践行

总有一些不被认可的路

要自己去走

夜 行

我喜欢每一段

没有路灯的乡下小路

电瓶车灯射出的光

像一种救赎

仿佛世界的开端

天地那么大

无尽的夜色包裹我

如同泥土包裹一颗种子

带给我强烈的责任感

愿人间

所有的黑暗都在与我对峙

每一线光明都和我有关

站着打盹

在我身边等餐的兄弟

斜靠着墙

正在从世界上退出

还是正在拥有全部的世界

或者说这片刻的安宁

与世界无关

我不想打扰他

可他系统的提示音

说他有一份外卖

十分钟内即将超时

我拍醒他

如同惊扰了一只沙漠里的野兔

初冬还不是返乡的季节

初冬,多么美好
一切枯萎都恰到好处
树木瘦去叶子
河流瘦去抒情

一群蚂蚁队形简单
方向一致
它们瘦去骨头和血

我在黄昏逗留片刻
瘦去多余的乡愁。竖起衣领
把手机从左手换到右手
那里有来自留守女儿的未接电话

初冬,不适合想念

落日轻勾手指,把影子拉长

几粒鸟鸣,压低乡音

阵雨突袭

一个外卖小哥
在雨水里穿行
天蓝色的外卖装像一小片晴空
一小片晴空在雨水里穿行
像一段镜头被不断地打着马赛克
而雨水是徒劳的
蓝色的工装越湿
天空就越明亮
澄明的天空贴在他的肋巴上
就像贴在大地起伏的山脉上
阵雨突袭
一个外卖小哥和我并肩骑行
让我感觉雨衣是多余的
雨水不停地拍打雨衣
像什么人不停地叫门

等 餐

出餐之前
有一段时间属于诗歌
仿佛外卖里的调料
有时偏咸,有时偏辣
有时文火慢熬
有时猛火爆炒
这些年,我已习惯了
一份份戛然而止的作品
仿佛外卖被取消订单

一个用速度生活的人

越快的人

越容易迟到

午高峰

他用尽了吃奶的力气

还是超时了两单

总是这样

就像这个季节的河流

水流越急

越容易决堤

他把一个月的罚单

加得一个负数

用对等的正数

捐给了灾区

感觉就像

填平了一段道路

坑坑洼洼的积水区

一个用速度生活的人

把平坦给予了他人

用手掌在脸颊擦出崭新的土地

过午的阳光

有恰到好处的暖

午高峰过后

短暂的清闲

几个外卖骑手

谈到暖

想到回家和离别

怀着各自的光线

照出各自的影子

一个人

不做一件错事很难

不做一件好事也很难

在人间

没有好人坏人之分

只有好事和坏事

刚"出来"不久的小哥

突然哭了

他没有接我递过去的纸巾

只是用手掌

在脸颊擦出两片

崭新的土地

就像他崭新的生活

和他身上崭新的工装

给乌云戴上口罩

天空伸出闪电的手指

发出呵斥的雷声

每逢此时

我都想给天空戴上口罩

让云层只下雨

像一个掩面哭泣的人

让天下都是悲悯之心

让惊慌失措的水流

自己选择来龙去脉

有时沉默也是一种温柔

当顾客接过外卖

没有因为超时大发雷霆

而是默默注视着外卖小哥

消失在大雨之中

地下订单

如果没有订单指引

我依然不相信

这个废弃的地下室

居然住着人

我若同情他

可他有高端的电脑和手机

我若羡慕他

可他又住在幽暗的

连走路都充满回音的

让人战栗的地下室

我告诉他外卖抵达时

他没有抬头,没有言语

只用一根食指

告诉我放置的位置
这让我很长一段时间
心里都飘忽不定
像那个地下走廊的感应灯
该亮时不亮，不该亮时
突然让我打一个激灵

从未如此

从未如此
频繁更换手里的美食
像一个美食家
从未如此
频繁出入各种宾馆、酒店
像一个有钱人
从未如此
把奔走的秒针
看成是飞舞的刀子
从未如此
在各种门缝处与人交接
像某种握手
从未如此
一直面带笑容
像一尊弥勒佛

把心里的水桶打满

他伏在电瓶车车把上
双肩一下一下地耸动
把身体里的水抽出来
从背影看
像我当年在乡下
一下一下地按着手压井
后来进城打工,用上了自来水
就再也没有了那种感觉

我没有询问小哥抽泣的原因
也没有安慰
只是在身后注视着他
一遍遍想起故乡的手压井
直到他自己停止了抽泣
把我心里的水桶打满

奔跑的蓝

比天更蓝的是海

比海更蓝的是火焰

一件件纯蓝的工装

从白天穿过黑夜

在生活的磷片上划燃

一团团蓝色火焰

在北方的冰雪中燃烧

在江南的烟雨里明亮

每一团火焰都有自己的蓝色焰心

奔跑的蓝

大多来自乡村

带着漫山遍野的青翠

在低处飞行

只要速度够快

再钝的铁也会成为刀子

何况火焰

一个个骑手化身一道道蓝光

切割叠加,把日子组合成

我们想要的样子

如果宇宙是无限的存在

我相信这些速度的蓝

是降落的天空,是行走的大海

是蓝和蓝的 N 次方

我的左眼，从不流泪

在路上骑行

我的右眼

总有一阵一阵的泪水

像大海的潮汐

不断冲刷眼角

以至于每隔一阵子

我就要用指尖

清除眼角盐的结晶体

我一再确认

这么多年来

我肉体的鲜活

肯定和这些盐的保鲜有关

伤口的疼痛

也和这些盐有关

而我的左眼

一定是遗传了母亲的基因

一生命运多舛的母亲

从不哭泣

纸终究敌不过一阵风

他的心里

装了很多石头

石头的重量

让他低沉着头

可订单的语音一吹

他就飘了起来

一张纸

无论使用什么言辞

写下多少文字

都压不住一阵风

小到不能再小的雨

雨

我说的是小雨

小到不能再小的雨

小到所有人

都没有想到雨伞或雨衣

像一个人在大街上

悄悄悲伤了一下

就赶紧扶起摔倒的电瓶车

赶紧恢复笑容

和一场秋雨互换角色

大雨中的树木左右摇晃

仍然躲不开雨水的捶打

一片叶子落下了

一片叶子又落下了

我们在马路上穿梭

浑身湿透,也像一场大雨

如果可以替代

我愿意和这场大雨互换角色

遇到树叶时会轻一些

再轻一些

轻到叶子不落

只湿嗒嗒的,滴着水

仿佛现在还是夏天

路上被淋湿的行人

只沁凉,不哆嗦

特殊的外卖

您的外卖到了
在熙春山公园
我将手里的外卖高举过头
送给李纲,巨大的雕像
这是我送的外卖中最隆重的一单
把外卖送给古代的丞相

把现代的生活送达宋朝
告诉一代名相
江山已一统,百姓享太平

一单外卖连起了
立志收复山河的名相
和一个心怀崇敬的外卖员

一声"您的外卖到了"

历史的云雾

就化作了普天下亲爱的烟火

第二辑：故乡把我温暖

旧时光

母亲中风偏瘫之后
以前的一些衣服
就不方便穿了
有时母亲会让我们
拿出一件来
挂在院子里的晾绳上
母亲坐在轮椅上
看着衣服在院子里摇摆
从上午看到中午
从中午看到下午

坟 头

刚才用镰刀剃过了荒草
看上去,坟头就年轻多了
现在只需要点燃纸钱
我就可以在火光里絮叨
这段时间发生了什么
就可以对着坟头哭诉
让自己回到小时候

种庄稼的人

种庄稼的人

久了,容易把自己

当成种子

想着扎根的事

那年,父亲来昆山

看见我经常在凌晨回家

说,庄稼都不能这样

后来

每次回家祭奠父亲

面对泥土下的父亲

我总是想到这句话

庄稼都不能这样

泼 水

母亲把喝剩的半杯水

泼在地上

这是长期养成的习惯

小时候,我也这样

把剩下的水

泼在地上,压一压

黄土地面的灰尘

可母亲忘记了

这是在小区的六层

地面瓷砖阻止任何一滴水

既不渗透也不流淌

这和母亲一生的经验

格格不入。一个下午

母亲守着地上的半杯水

像守着自己

不知所措的晚年

自从父亲过世之后

无论我们怎么努力

偏瘫的母亲

总担心自己

会像半杯水,被我们泼掉

糖

夏天
像一块融化的硬糖
糖纸还在我童年的口袋里
发出好听的声音
在嬉戏打闹中
剥好的糖果不翼而飞
我们寻找了很久
后来，堂姐远嫁
所以，当我穿上
那件捡来的工装
我才会写下
一粒药片被糖衣包裹

一枚融化的糖

很难从马路上抽身

那个像堂姐一样的环卫工

用一个小铲

铲得多么用心

我寻找了那么多年

堂姐,可马路上只有

车祸后的血迹

像一块彻底融化的糖

印　章

我保存着父亲的印章

每当想起父亲

就会把印章拿出来

在纸上不停地盖着

这枚印章盖过的次数

早已数不胜数

父亲生前曾做过十八年

生产队会计

没有出现过一次错账

这枚印章在父亲手里

盖下的每一次都是正确的

现在，这枚小小的石头

握在我手里

每一次都像是举着父亲的墓碑

每一次都像是盖棺定论

烟囱

一间屋子,用烟囱

蹲在雪地里抽烟

很多年了

这间屋子

在田野的一角

住着我年迈的三婶

很多村庄

都有这样的屋子

在一场雪后

独自蹲在雪地里抽烟

让你看见田野

还提心吊胆地活着

种地的人

种地的人

越来越像种子

努力想扎根的事

背影，像土地

有时干旱，有时潮湿

这些年

很少遇到这样的人了

这个傍晚

大姨着实把我吓了一跳

她守着几株折断的玉米

长久地蹲着

喊她也不应答

前不久为了浇水

摔过一跤

九十二岁的大姨

腰伤未愈

又偷偷来到田地

看望被她摔跤时

压断的几株玉米

天都黑了，也不愿回家

母亲三周年祭

每次走出车站出站口

汇入熙熙攘攘的人群

出租车司机的揽客声

接站人的叫喊声

出站人的应答声

此起彼伏

我就像一只候鸟收拢了翅膀

发出一阵同样的鸣叫

孩子们纷纷打来电话

询问我的位置

按照习俗

母亲三周年祭祀要在下午进行

我们一大家子人

从各自生活的城市返回

在这个清晨

我暂时不急于流泪

所以我选择徒步十八公里

去父母的坟前

这很像小时候

每一次出门都需要徒步

只有回到了故乡

我才从一个五十五岁的人

返回少年

走过省城村①

这里有我母亲的娘家

尽管母亲从小便成为孤儿

但母亲一生之中

仍然一次次返回到这里

走过新营村

我九十岁的大姨还健在

仍然精神矍铄

一个人侍弄两亩土地

---

① 省城村,村庄名。

她在门前蹲着

不久前我曾经看望过她

所以这次,我选择绕行经过

我不想把母亲三周年的悲伤

带给她高龄的姐姐

一路上,我还遇到很多

下田劳作的人

扛着各种各样的农具

让我想起了太多熟悉的名字

那些人的一生就是这样

走着走着就消失了

只留下了一个个若隐若现的名字

大哥说,坟头的草不能薅

所以我们只是拔了几株周边的野艾

用来祭奠,三年了

父母的坟还带着人间的温暖

周边的草木已经枯黄

坟头草仍然青翠

阳光明亮得一如既往

泪水洗过的脸颊被照得很暖

像一种安慰,被光捧着

每次在父母的坟前哭泣

我都能卸下生命中最沉重的部分

我们按照古老的风俗跪拜

一个逝去的人，三周年

魂魄就彻底离开了人间

我们兄弟三人，也从一家人

分成了三家人

就像一条河流，出现了三个支流

此后，三条支流沿着不同的方向

展开各自的生命

不知道是谁先抽泣了一声

我们的眼泪就滚落下来

这是一种真正的辞别

之前是我们告别母亲

今天是母亲向我们告别

这种告别如此坚决

一去再不回头

天光向晚

家人们都走了

我还盘腿坐着

像一根绳索打下绳扣

我知道魂魄在哪儿

知道绳结如何打开

可又无力拆解

我感觉到自己的一部分

被牢牢地系死在了那儿

直到爱人折返

挽起我,并把我越扯越远

只有爱人,能让我成为

一根安全的绳子

出租屋的窗外落了一只麻雀

不能和我谈论乡情就请不要来

不能和我称兄道弟就请不要来

不要站在我的窗子外

隔着玻璃看我

隔膜已经够多了

何必还装得如此透明

有事就请进来说话

说说村庄、河流、田地里的庄稼

能不能完成的我都全部应下

然后再在夜里失眠

我愿意这样

为乡情所困

而不是现在

用一层玻璃把两个同样弱小的生命隔开

离得这么近却不能相依为命

看得这么清也毫不相干

小村庄

把省剥下来
把市剥下来
把县把乡都剥下来
剥掉所有的包装
我随身携带的小村庄
像一粒药片

故乡的尺寸

只有拉开异乡这把尺子

才能量出故乡的尺寸

尺子拉得越长

故乡就越短

如果你把尺子一直拉下去

别量了

故乡就是你

你正好等于故乡

哪怕你很小

而故乡很大

呼喊母亲

在异乡寂寞的时候

我会在无人的地方

一遍遍呼喊自己的小名

"三儿,三儿"

喊着喊着,就把母亲

从心里喊了出来

一个人喊

"三儿,三儿"

一个人答应:"唉……"

我喜欢把父母写进诗歌

我喜欢把父母写进诗歌
喜欢他们成为闪光的扣子
扣住我最初的赤裸和不安

我喜欢父母在文章里
喊我"三儿"
一声接一声地喊我

我喜欢母亲微微含笑
喜欢父亲不怒自威
我喜欢父母同时伸出食指

端正我的鼻子

我喜欢这种感觉,父母在
我就不会沦为文字的孤儿

落日慈悲

父亲没有了,我仍叫三小子
仍以父亲的名义存在
可投在水里的影子
和水里的鱼是两回事
初冬,田野已经如此空旷
父亲和土壤还没有完全融合
还没有把瞭望提供给一株庄稼
这黑白交替的人间
除了一道血迹未干的伤口
仍然没什么两样

黑夜不是白天的影子
白天也不是黑夜的灯笼
黎明和黄昏不过像是楼梯

转折中的两个踏步

让我从墓地完整归来

晚霞如皱纹布满天空

怎么看都像是余生

落日竟然这般慈悲

可是仍然不能归还

我的父亲

四十八岁的孩子

和父亲一起在街头吃了早饭

我还没来得及擦拭嘴唇

父亲已率先掏出几张

皱巴巴的零钱

和老板结账

说两个人

说还有那个正在擦嘴的孩子

老板很错愕

大概是从未见过这般

老气横秋的孩子

现在和父亲一起

走在回家的路上

和来时一样

父亲走在前面

我稍后一些

父子俩仍然很少交谈

一如小时候

父子俩默默地走在放学的路上

大风吹

父亲一直在地里除草

那么多草被风拽走

后来不知去向

那么多风撕扯父亲和他的影子

一阵一阵

拼命地拽着父亲的头发

衣袖，裤脚，想把父亲拽倒

父亲佝偻着腰，被风狠狠踹着腹部

风想把影子从父亲的身边拽走。父亲佝偻着腰

记得我所有的童年

一次次跑到地头去喊父亲

一次次看见

风把父亲和他的影子拽来拽去

拖来拖去

直到把父亲的头发拽白

而把影子越拖越黑

风大,吹不走影子

影子很轻

总是被随手丢在地上

风拼命地吹

不过是把影子

在一个人的身边埋得更深

直到我现在的这个年纪

像极了当年的父亲

篱笆院

我向父亲讲述这些年来的外地生活
大多时候,我在说父亲在听
偶尔父亲会把一句话夹在我的话语中间
仿佛父子俩面对面地扎着一道看不见的篱笆
我的话是那些一直排列着的枝条
父亲的话则是不远处砸下的一根木桩
我们配合默契地一直扎着,扎着
扎着扎着父亲突然停了下来
然后轻轻打响了鼾声。我知道
篱笆墙到了该留下大门的地方了
我把一条毛毯轻轻地盖在父亲身上
仿佛轻轻关上了篱笆院的大门
阳光温暖地照着,篱笆院里的父子俩

有一种爱

这些荆棘
生来就不是为成材的
它们只活成了自己
浑身带满了攻击性

如果不是遇到村庄
真的就这样了
村庄把它们做成了篱笆墙
那些荆棘就开始爱着我们
也被我们热爱

三妯娌

我们在灵堂守灵

大嫂把稀饭端给大哥

和一把煮黄豆

二嫂把稀饭端给二哥

和几根萝卜干

我爱人把稀饭端给我

和一汤匙榨菜

她们的爱如此专注而狭隘

就像世界辽阔

我们只爱着我们的村庄

星　尘

在灯火通明的不夜城
别和我谈星座
所有的星
只有回到乡下才会闪光
才会被人逐一认领

打麦场上的父母
红薯地里的兄弟
小溪流边的姐妹
这些坠入红尘的星子
每颗都是一个家庭
暗夜里的光

时间是液态的

有别于空气和水

太阳转圈烤着王庄村

像烤一块红薯

自从村庄少了年轻人

星光也变得滚烫

天上陨落一颗流星

人间就熄灭一支烟斗

一生的烟灰将在

黎明中消失。回到乡下

我爱每一颗闪光的物体

也爱漆黑的夜，灼热的伤

村庄的坟地

一群最懂土地的人
最后都为自己
选择了荒地
而把良田让给了庄稼

每当路过村庄的坟地
我都会放慢脚步
或者落泪,或者叹息
坟地里,认识我的人已越来越多

有时酒醉
在他们中间坐下来
他们都会把自己的坟往后挪一挪
为我让出一大片空地

写 诗

不能再苦了
我用的是处方笺
处方的正面有黄连
白芷、半夏、柴胡等
十多种药材

把母亲从手术室里推出来
我就念诗给母亲听
从众多药材的背面
提取少量的蜜来
调剂成药引

可母亲还是过世了
此后的人间

再没有一剂药方

能够治愈我

诗歌的病痛

我们总是活得过于潦草

很多亲戚

再见面时,就老了

在母亲的葬礼上

一张张沧桑的脸

隔着朦胧的泪水

和我相互辨认童年

像一株蒲公英

抱着另一株蒲公英

摇着摇着就分散了

五月入画

艳阳高照

我也不再关心天空

首先画一个弯腰锄地的人

再画一地拔节的麦苗

麦苗里夹杂的草

草尖打开的花

画一棵地头茂盛的树

画一片浅浅的树荫

树荫里的草帽

草帽边的水壶

水壶里喝到一半的水

只画从前是不够的

现在还要慢慢地涂抹

把最初锄地的人涂黑

涂圆，涂成一座田里的坟

我还要喃喃自语

喊几声，父亲

佝 偻

人越老，越懂得谦逊
伺候了一辈子庄稼的人
开始向土地道歉
开始拉紧骨头的弓
把大地的心酸射给天空

失血的村庄

1

还没有一种寂静
比得过沉默的油菜花
一望无际的黄在田野
窒息般弥漫
连野蜂的嗡嗡声也轻若婴孩

傍晚的天空,用一串鸟鸣
缝补村庄磨损的膝盖
老人开始呼喊油菜花的名字
遍地的油菜花齐刷刷摇摆

三月,总能从记忆里取出

含血的文字,捻成灯捻

照亮生命的相框

可油菜花已经偏黄

过于贫血,无力按下岁月的快门

因此生命的底片一直空置

但我知道,只要油菜花开

我就不会沦为大地的孤儿

2

每到春天我就慌不择路

美好的事物都在奔跑

都在摁着我的脑袋攀爬

而春天举着黑洞洞的枪口

一棵扯断过斜枝的树

仿佛折断了的臂膀

裸露出带血的肌肉

又从战栗的边缘发出新芽

宛如正在奋力拔出一把短刀

3

每晚
我都要数着肋骨才能入睡
像一朵棉花数它的棉籽
我没有棉花那么洁白
却要守住棉籽一样的骨头

我和棉花一样
一瓣一瓣由母亲采摘
用布包裹,如同隐藏的火焰
让这时节不再冷风刺骨

我不会再次现身
反复的爱让人厌恶
所以,你只有一次机会
从一见钟情到私订终身

4

清风徐来
杏花也在次第开放

有的已经枯萎

身体收缩

如同迟暮的老人

慢慢低头陷入回忆

有的正在努力开放

像一声含血的惊呼

阳光矮下来

进一步拉长生命的影子

是的，我不能一次次拒绝春风

让一生成为不发芽的种子

双手的老茧

在我的内心仍然日夜增加厚度

我多么希望，俯身就能像母亲

当年捡拾麦穗一样

捡拾起荒野散落的文字

喂养我嗷嗷待哺的余生

野芦苇

1

三个听故事的孩子
神情专注,月光从窗缝挤进来
点亮一段黑夜的内心。太凉了
连灶膛里的青灰也冻得哆嗦
一个母亲,必须在炉火重新燃烧之前
用故事喂养她饥饿的孩子
外面北风正紧,野芦苇发出"呜呜"的声音

2

我没有回头
这是母亲第三次送别她远行的孩子
先是大哥,然后二哥,现在是我

母亲把交给哥哥们的叮嘱

又添加了一些新的交给了我

我不知道哥哥都记住了什么

只记得那天的风把几株野芦苇

反复地吹倒又扶正

不断地发出呜呜的声音

3

有村庄的地方总有河流

有河流的地方总有芦苇

那么多芦苇踩着泥泞

一路南下。芦花开了，秋天就深了

接下来的冬天

所有的植物都一声不吭

只有苇叶，在风中

"哗啦，哗啦"，像母亲的叮咛

4

谁能说一场雨

不是一种相思把自己反复撕碎

谁能说一条河流

不是一滴眼泪不停地拉长自己

鲍庄村端坐于沂河的一段

流水至此交出一片最宽阔的水域

让我们练习倒影和沉思

我爱她的浩荡,也爱她枯竭后的泥潭

以及那些挺立在风雪中

一岁一枯荣,顽强的野芦苇

村庄和地图

王庄村太小了
小到在任何一张祖国的地图上
都找不到她
那么多庄稼,房屋和乡亲
不见了。消失在那么多
曲曲折折的线条里

但是我知道,她就在那里
就在那一小片空白处
隐藏着。她的坚毅
骨感和温柔,欢笑、呐喊和哭泣
像一首诗里,祖国的留白

一只粗瓷碗

一只粗瓷碗

保持了黄土最初的颜色

在人间行走

从徐州到饶河

被爷爷高举

从村头到庄尾

被奶奶高举

装过雨水、雷电、风沙

眼泪和呐喊

一只粗瓷碗碗口朝天

更多的时候，它空着

敲一敲

它就作出回答

身为一抔黄土

要高过从黑发到白头的岁月有多难

有一天,它突然反身倒扣

把曾经高举过它的人扣在里面

一只粗瓷碗

来自于黄土,最终回归黄土

重新容纳了草们的踩踏

和蚂蚁的啃噬

现在,它是那么的安详

宁静、荒凉,易于抓捧

迟　疑

麻雀一定是感激
雪后撒出谷粒的人
你看它吃一口抬头看看
吃一口抬头看看

我很庆幸童年的一次迟疑
没有拉动手里的绳索
绳索拴着小木棒
小木棒支着笸箩

我很庆幸曾经
看到过，一副幸福的翅膀

旱 情

我不认识她
她在她的辣椒地里哭
辣椒耷拉下全部的叶子
像犯了大错的孩子
她哭得那么起劲

我可以叫她大婶子
四嫂子、二大娘
也可以叫她三麦家的
她们都有白得发苦的头发
像晴空中的白云
都有一嗓子嘹亮的哭腔
像胡同里的风

如果使劲

眼泪就能变成雨水

我愿意双手抱头

在路边蹲一会儿

和留守老人攀谈一会儿

我叫了三声大爷
他才不再坚持是他最小的儿子回来了
一个木匠，儿女们都像完工的家具
被租给了南方

他从窗洞里掏出闲置已久的锯子
锯子的经绳已经发霉
白茸茸的毛阻止了他
拧紧锯条的念头

他让我看他，唯一一次打工
被电锯锯断的两根手指时
眼睛放光
仿佛疼痛是多么让人幸福的事情

他一直面容慈祥得像一尊佛

可我毕竟不是香客

当我在一百米外再次回头

他已在五月的阳光里昏昏欲睡

空 圈

几根木栅栏围成的口字形
沉默不语
羊儿蛰伏过的地方
所有的草,所有的草
起身目送羊群上路
空圈布满密集的蹄印

一场雨后
新一茬的草
胡须一样钻出来
一片土地
因为收留过羊群,开始成熟
变得有话要说

香 烟

这些白天的火星

这些黑夜里的光亮

曾经被母亲一口一口

吸进一段漆黑的岁月

母亲瘦得如一捆干柴

每次母亲划燃火柴

我都担心她会把自己点燃

那时父亲正躺在医院的病床上

生死未卜

后来父亲从我的讲述里

猜测这是一种棉花和麦糠的混合物①

---

① 父母那辈人有时会用棉花、草屑等替代烟草。

总是弥漫着一种呛人的气息
像母亲趴在灶台前,流着泪
把灶膛里的柴草吹出青烟

火车穿过村庄

一列火车从远处赶来
又向远方奔去
像一位慌张的母亲
打着手电,叫喊了一声

许多年以后
我在阳台小声应答
日子仍像一列绿皮火车
在深夜过去了一节,还有一节

石台上的老人

三次经过同一个村口

都看见那个

坐在石台上的老人

随着我转动头颅

目迎我靠近

目送我离开

生活从不缺迎来送往

而这位坐在屋檐下的老人

却让我萌发屈膝之心

想让他俯视

让他抚摸

让他擦去我满身锈迹

让我像一把闪光的铁锹

插在新鲜的春泥里

娘

岁月把一部长篇连续剧

浓缩成一首诗

把一首诗浓缩成标题

把标题浓缩成一个字

把一个字浓缩成一根针

我喊一声娘

就心疼一下。再喊一声娘

就想动用丝线

缝补千疮百孔的过往

我一声一声地喊娘

就像娘用针把灯花挑了一下

又挑了一下。然后

天就亮了

沙　子

麦穗是在生产队
抢收结束之后
从地头，边沟，以及
那些乱草丛里捡来的
因此不算公有财产
所以母亲，心安理得
蹲在门外的阳光下
一面搓麦穗
一面簸去麦糠
拣去麦粒里的沙子
也会有一些草籽
被母亲拣出
在阳光下辨认之后
重新扔回麦子里

我知道那些草籽

混合在稀饭里

煮不烂

我不去咬它,硬硬的

像沙子

飘忽不定的故乡

我爱这些陈旧的院落

迟缓的木门

犹豫的门缝

和这沧桑的白头与皱纹

我愿意用双手把外卖捧给他们

并微微躬身

就像从厨房走近饭桌

我爱这飘忽不定的村庄

我的父母都不在人间了

尽管我有秋水一样的悲伤

但我仍然热爱这生命之船

爱她的淡泊,也爱她的荡漾

我用笑容面对这一切

面对孩子们电话里的祝福

对于他们

我正在成为崭新的故乡

庄稼地

有人在庄稼地匍匐前行

像一只波浪里的鸟

拼命地振翅

这是我远眺造成的错觉

经常是这样

浪涛一阵阵捕杀过来

落水的人大力呼救

却发不出声音

我的父亲

也曾在田间下跪

他把身体折下一截

让自己更矮

如同被风折断的庄稼

我一直无法揣测

那些断过头的庄稼

从伤痕里重新发芽

要承受多大的痛楚

是否也像我的父亲

每次起身都要咬紧牙关

眉头紧锁

锁紧命里的泥土和水分

取　暖

太阳每天都要把王庄村晒一遍
晒得暖烘烘的。每天都有
在草堆旁朝南打坐的老人们
也暖烘烘的

我亲眼看见四大爷
在火葬场朝南的炉膛里轰轰地燃烧
太阳晒去了他生命的水分
他看起来就像一捆干草

现在太阳继续晒着他的墓碑
和一堆埋他的土
偶尔也把回乡上坟的
堂哥，晒得暖烘烘的

小 花

大地上有很多小花

小到把任何一朵挑出来

都是笔画的一次停顿

愣神或喷嚏

但它的确是一朵花

仔细看

它也一瓣一瓣努力

伸展、翻卷、后仰

相互配合着怒放

如果只是一朵

一定是草的一次意外

可它们那么多

一朵挨着一朵，一片挨着一片

这么小的花，认真地开着

认真地爱着这个人间

在网上,我没有检索到它们的名字
科目、类别、属性
自从我遇到了它们
我就一直努力开放着自己
"您好,您的外卖到了"
"祝您用餐愉快"

秋天， 不仅收获果实和落叶

一片一片烧红的铁
一块一块锤打好的马掌
慢慢压弯秋天的手指
几个季节未见
曾经盛夏般挺拔的兄弟
已经耷拉了双肩
而我们的上一代
都已成为遁入尘埃的马蹄
秋天，不仅收获果实和落叶
也收获人
确实，每个季节都有人离开
但只有秋天才会如此隆重
即使一个人的一生轻于落叶
秋天也会赋予命，铁一样的红

羊儿匆匆回家

那些年回家的大巴

总是在黄昏抵达车站

把五公里的乡村小路

留给我慢慢走完

如果有一群山羊咩咩走来

我一定侧身把路让给它们

它们匆匆回家的样子

让人感到幸福

我还喜欢放羊人

被羊群远远落在后面

不慌不忙

伸手接过别人递过来的一支香烟

蹲在路边对火

傍晚的魅力

还在于雾的不确定性

大雾慢慢漫上来

秋天掏出喉咙里的马

在田野里奔跑

我不忍心触碰路边的庄稼

和小树

它们好不容易挂满露水

黑夜才是大地真正的影子

窗台上的半瓶酒

拧住了半年前的半瓶时光

52度的光阴重新打开

醉了夜半回乡的人

也醉了故乡的秋天

多美好的人间啊

父亲，母亲

可您已经过世了那么多年

留在人间的补丁

万家灯火

多像是童年的星空

父亲说

一个人离开了人间

就会变成天上的一颗星

星星看见的万家灯火

是不是也是一颗颗

离开了天空的星星？

我和星空相互眺望

相互想念

所以才会把万家灯火

又看成是　母亲

留在人间的补丁

小河被淹死

在立新河和钢河的交汇处
我看见立新河从容不迫地
移动它小小的身躯
一步一步走进钢河深处
此后再没起身
一条小河被另一条小河淹死
没想到一条时断时续的小河流
带着沿途村庄的小池塘、小河沟
居然以如此决绝的方式
像一代村庄里的老人
完成了自己默默无闻的一生

等我清闲下来
我一定要到钢河的下游去

看一看钢河最终的去处

我要捧一捧钢河的水

喊一喊立新河的名字

喊一喊村庄，父辈人的名字

我在一群孩子中间

在那条浅浅的河流里
滚泥巴,捉鱼虾
母亲背着草从桥上走过时
喊了我一声
我在一群孩子中间站起了身

我以为母亲会喊我回家
或者,让我干些什么
可是母亲只看了我一眼
什么话都没说
就从桥上走过

后来,我的一生
时常停在
母亲的一声呼唤里
静静地等待着什么

想　念

我很庆幸

人只能死一次

所以，娘

死过一次之后

就再没有死过

而是在我的想念里

一次次活回来

娘——娘——娘——

我多想这样一直喊下去

像一列火车，一直开，一直开……

成熟的果子

她太老了
即使我的母亲活到今天
也不过如此
她一身的重孝和哭声
她是一位
刚刚失去母亲的女儿

在这个清晨,我遇到
这个披麻戴孝的老人
一面哭泣
一面慢慢地前行
太让人羡慕了
这么老了才失去自己的母亲

像一颗成熟的果子
一种甜，被阳光
轻轻照耀
所以我望向她时
一面噙着人间的泪水
一面怀着岁月的甜蜜

河水又瘦了一圈

一场秋雨一场寒

世界像一张画作

被不停地涂抹

抹去叶子

让树更骨感

抹去人

让田野更空旷

抹去虫鸣,抹去蛙叫

让傍晚更寂静

秋雨还抹去了一扇

斑驳的木门

那里曾冲出过一位

戴着斗笠,拿着伞

去雨中寻找孩子的母亲

秋雨过后

河水又瘦了一圈

大年三十

锅屋的烟囱一冒烟
童年就会被召唤
一手盘子
一手筷子
那时的我,眼神清澈
那时母亲,长发及腰

带着骨头的肉
和带着肉的骨头
似乎舌尖的一次翻转
一个人已从
狼吞虎咽的少年,抵达
细品慢酌的中年

一想到大年三十

就有热气蒸腾

笼罩村庄。若隐若现的

不仅有生活的滋味

也有一种想念

像岁月的引信,不断缩短

抵达生命的核心

母亲的房间

天黑之前
母亲的房间就提前黑了
父亲过世后
母亲一个人住
听见我们的声音
才会拉亮房间里的灯
平常,母亲也像一盏灯
总是黑着

寻人启事

母亲没有了,按照礼节
我们跪在路边
迎接前来奔丧的舅舅
我们弄丢了舅舅
最小的妹妹
我们低着头哭

在灵堂
舅舅向我们讲述了
母亲的很多特征
而这些,都适合写一则
寻人启事

如　果

"如果我死了

不要经常来看我"

去母亲墓地的路上

想到母亲说过的话

"死人已经死了

活人还要好好活着"

总觉得母亲的话

没有说完

就像母亲还总是说

"等到开春，就好了"

整齐的田野

翻耕后的麦地
泥土整齐
播种后的麦地
地垄整齐
发芽后的麦地
麦苗整齐
待收的麦地
麦穗整齐
收割后的麦地
麦茬整齐

在村庄
属于田野的事物
大多整齐
只有种田人的心
起起伏伏的

庄稼地

父母过世后

留在地里的庄稼

只活过了一茬

就再也没有庄稼和父母有关

我感觉

庄稼是一些忘恩负义的物种

远不及那棵树

后来又活了那么多年

老村庄拆迁时

村人每砍一斧子

树，就颤抖一阵子

那户人家

每个村庄都有一户
那样的人家
破落的院子，布满裂缝
破烂的衣衫，布满泥污
那户人家起早贪黑
依然是最贫困的那户

后来我在昆山
遇到过那户人家的女儿
在一辆奔驰还是路虎上
落下车窗玻璃
喊我：三哥，三哥

我问：叔叔婶婶还好吧

她说：去世了

每想一次，那户人家
我就沉默一会儿

村庄里的树

一棵树在数自己的叶子
像一个人数着脖子上的串珠
从嫩绿数到枯黄
每数一遍,就在树心画一个圈

在我的村庄,一棵树
数着数着就数到一个人
就会动了凡心。与其说棺材
不如说一个人被数到了木头的心里

第三辑：世界把我照亮

绕　路

每次回老家，离开之时
我都会交代送我去车站的人
绕行三公里
经过一家药店
我女儿出嫁后
在那里上班

每次经过药店
我都能看见女儿
在药店里忙碌
我不下车，不和女儿告别
电话里我们已经告别过了

此前，离家时

是母亲站在路边
目送我，从视线里渐渐消失
我不想把这种送别转移给女儿
她还年轻
离白发还有很长的岁月

目视那家药店
在视线里慢慢模糊
仿佛女儿渐渐走远

银　婚

亲爱的，我们不穷

月光穿过玻璃破裂的小西窗

折成一屋的碎银子

堆满我们扎着铁丝的小木床

你的鬓发和微鼾

就有了贵金属的质地

我们的棉被

一如既往地从中午

就捂住了阳光

一根根滚烫的金条

当年一诺千金的语言

正在兑现

今夜，我们是最富有的两个人

致爱人

老天爷又开始下雨

工地的日子

清闲了下来

多余的雨水

使心情也变得潮湿

趴在通铺上

我给你写信

这些年来

我们已经习惯了

用墨水打发多余的时光

让灵魂平静地走在信纸上

长久的清贫

让我们学会了节省

我们把甜蜜节省下来

把依偎的身影也节省下来

用想念腌制

以备我们未来

无能为力的老年时光

轨道上的树苗

那么小的一棵

那么青翠

不谙世事的样子让人心动

每当列车驶来

它就摇摆,那么欢欣

仿佛久别重逢

可它不能再长了

再长高一些

就会被伤害

长在轨道上的树苗

让寸草不生的石子和铁轨

多了一种盼望和揪心

让一趟趟列车成为真正的列车

离别成为真正的离别

怀 念

怀念一个人的最佳方式

就是忆起他的坏

每想起一件坏事

就能想起很多原谅他的理由

用山取暖

一位衣衫单薄的老人

独自扛下两捆柴

并且拒绝别人帮助

八十三岁

老人让我们猜她的年龄

带着喜悦和自豪

面对我们裹紧的羽绒服

她说不冷

山,允许竹子倾斜

也允许折断

允许草木枯萎也允许腐烂

允许所有的事物

仍然是山林的一部分

从熙春山下来

我才明白

老人想告诉我们的是

一位靠山取暖的人

必会拥有自己的树林和柴草

镜　子

那年租的房间里

有一面大镜子

八平方房间

看上去，仿佛

十六平方

这让我感觉很满意

可后来又发现

我爱人哭泣时

另一个人也在哭泣

我手足无措时

另一个我也会手足无措

包装盒

有许多空的

制作精美的包装盒

舍不得丢掉

总觉得还能装点什么

这些年

空包装盒越攒越多

它们在房间的一角

一直空着

双面夹克

我不喜欢双面夹克
不过也有人说
这叫表里如一
我总觉得,一个人
应该拥有自己的秘密
独自守着
一个人如果没有了
不愿意展示的部分
人生会失去很多意义
比如年轻时
暗恋过一个女孩
一直没有表白
现在一回想起来
就忍不住面带微笑

红

我的脸上皱纹叠加

我心依然年轻

认领时光是我的使命

也被时光认领

我和岁月相互照耀

也互为皱纹

并共同拥有一颗

完好如初的心

走进演播大厅

节日里的红,让我更加确信

梦想是生命的一部分

确信,红是红的一脉相承

是我们生生不息的喜气

从容和自信

春　晚

从演播大厅出来

我决定把山

还给一块石头

把河流还给一滴水

这些年的困惑

不是因为拥有太少

而是放不下的太多

走进阳光的人

才能拥有自己的影子

感 觉

正月说,自从母亲没了
就再也写不出一首诗
母亲带走了他
对整个世界所有的感觉
我竟然不知道怎么安慰
而我母亲过世后
守灵的七天里
我一口气写了一百四十六首

正月,我最好的兄弟
让我觉得自己
是个十恶不赦之人

岔道口

火车到来前

先有大地微微的震动

行人就会停下来

等火车过去

才会继续经过岔道口

小时候，我跟随母亲

在岔道口看见一扇扇窗

像电影的胶片从面前闪过

有一次看见一张脸对着我笑

让我张望了好久

后来每次坐火车经过路口

我都会露出一副笑容

尽管路口，通常空无一人

木 耳

在一棵枯树的底部
一大团木耳
像树用尽了
最后一丝气力,说
我还行

七夕的月亮

今夜无雨

那枚月牙儿

像不像

被沙滩埋着的纽扣

等我捡拾

给你辨认

你已经回家了

我还在寻找

一枚丢失的纽扣

第二天

我又去了

那片沙滩

找不到纽扣

我就找不到

去见你的理由

我一直以为,一枚纽扣

被埋在了沙子里

所以这半生

我一直低着头

拾荒者说

她在马路边

不停地咳嗽

像被风吹动的易拉罐

美味多汁的部分

一去不返

现在的价值

仅限于包装本身

一层薄薄的铝

用来踩扁

以便获取

微不足道的重量

她向我再次抖了抖

手里的蛇皮袋

告诉我,凡是

踩不瘪的

都不值钱

长 城

每当我遇到

熙熙攘攘的人

就会想到长城

一道

文明古国的拉链

拉开

是祖国的胸怀

拉上

是祖国的尊严

摩肩接踵

是我们的态度

齐心协力

是民族的答卷

月光那么白

在乡下,我有一群羊

月亮一样白

不替代阳光

也不被阳光替代

如果可以

我愿意把一只羊

缩小成兔子

人间的羊儿那么多

月宫的兔子那么少

离人间太远的事物

都需要怜悯

我们的爱像草场

爱着羊也爱着月

所以我们举杯

不仅仅因为团圆

也因为残缺。人间事

圆满是一种结局

破碎也是

祝福你,我的朋友

当你在人生的伤口处

回眸一笑,我看见

被生活薅过衣领的人

正在被时光抚摸后背

在乡下,我有一群羊

还有一片纯白的月光

春晚遇到春节

还有什么碗能像春碗

让一对年过半百的夫妻

筷子一样

在滋味的交汇处

红了脸颊。就连拥抱

也像红围巾

用柔软的拉绒抚慰

棱角分明的人生

一些日子是生活凸起的部分

一块石头放入河流

所以浪花

有时是一种回眸,往事那么白

有时是一种眺望,未来那么美

举 杯

节日就是用来举杯的

所以

被我们反复提及的快乐

在杯子里轻轻摇晃

有朋自远方来

有朋一直在身边

幸福是一种圆

真正的圆

不是周而复始

而是一种

取之不竭的动力

比如从前、现在和未来

再　见

抵达目的地之后

就会发现

目的地不是目的

终点和起点

就像一条河拥有两岸

同一条船来来回回

渡着方向相反的人

前往各自的目的地

有人滴酒不进

有人大醉不醒

篱 笆

那时,常常因为钥匙链

爱上钥匙。因为钥匙

爱上一把锁。因为锁

爱上了篱笆

篱笆门笨拙的样子

也让我喜欢

那时的书包

通常挂在篱笆上

我们在胡同里奔跑

追逐,忘记时间

那时我们

还不会抱怨生活

也不担心自己不够努力
那时季节从不迟到
迟到的是草木、庄稼
篱笆上的芽
和邻家姐姐的爱情

海 滩

曾经以为爱是钻石

因为稀缺

才格外宝贵

后来才明白

爱是沙子

因为容易拥有

更加值得珍惜

一旦丢失

就再也无法找寻

其实

一粒沙遇到另一粒

并不容易

就像骑手那么多

顾客那么多

刚好，我遇见了你

灰喜鹊

从宾馆三楼的窗口

观察树枝上

近在咫尺的灰喜鹊

我确认，那些灰喜鹊

不是在梳理羽毛

而是在挠痒

我们那时也是这样

整个冬天

只有一套棉衣

不是这里痒痒

就是那里痒痒

我们聚在一起时

也是这样，叽叽喳喳

声音很大

火 车

八八年我在沈阳打工
工地靠近一条铁路
有时工友老张会起身
看着铁路的方向
说,火车要来了
没多久,一列火车
真的轰隆隆地过来了

有时,老张并不起身
也不抬头
一面做着手里的活
一面说,火车来了
一列火车没多久又开了过来
我一直纳闷

老张是怎么感知火车的

几十年后
我依然不能感知火车
但是每次走下火车
我已能感知
谁是在出口处等我的人
也能感知，是谁
遥望铁路
说，火车来了

很抱歉，我只是一名乘客
这一生都不能成为一列火车

草木一秋

这应该是最后一次了
那个推着割草机的人
修整着草坪
如果再晚几天
这些草就会自然枯萎
就会完成完整的一生
这些草啊
在最后的时光里
依然被修理得整整齐齐

我不是诗人

好友告诉我
又一位才华横溢的诗人自杀了
他选择了一种决绝的方式收尾
没有留白,没有张力,没有隐喻
甚至没有留下一张白纸

屈原,朱湘,卢照邻
海子,方向,许立志
诗人们一代一代,一遍一遍
用自杀的方式,让我感觉
诗人,是一个高危的名词

可我是如此地贪恋红尘
只在生活的间隙寻找和捡拾

表达我有多么热爱这个世界
我的理想和现实始终没有形成悬崖
没有足够的落差让我坠落

披格子披肩的姑娘

速度和速度之间

距离也会时近时远。为了追那个

披格子披肩的姑娘

邂逅和相遇之间

还差一个外卖员的距离

披格子披肩的姑娘

在这个夜晚蜜蜂一样

飞过阿尔山的夜晚

留下蜜蜂一样的叮咛

"来,追我呀"

第二天沿途就开满了花

我们在万花丛里

试图辨认一双翅膀

从天池到哈拉哈河

从爱国树到小赤壁

并在去往乌兰毛都大草原的路边

养蜂人那里认领了蜜

多么像爱情

所有的爱情都很甜

所有的相思都很咸

在袁隆平故居

比起袁隆平发现的

第一株野生稻二百三十余粒

我们五十六人的采风团

还是减产很多

因为昨夜失眠

今天一直恍恍惚惚

让这一趟行程

更接近一个梦

袁老的梦在禾下乘凉

我的梦在袁老的梦中

像一支歉收的稻穗

也许现在还不是收获的季节

一块块真正的稻田禾苗翠绿

我们能做的

是赶在下一季到来之前

尽量让自己灌浆

直到颗粒饱满

长 江

河流是大地的伤口吗
不是！是血脉
只有靠近长江才能听见这
斩钉截铁的耳语
母亲当年
曾经通过高铁车窗
指着夜幕下江面的灯
让我看，所以母亲的一生
一直亮着。后来
我替母亲来到江边漫步
遇到长江更宽阔的部分
倒映着落日
母亲见过通明的火
我看见，闪耀的血

一个人在江边像一个逗号

两个人是冒号。一代一代

滔滔不绝的江水

诉说着源远流长的华章

所有的水

都有万众一心的方向

在江边,想到母亲

每想一次,灯就亮起一盏

每想一次,血就沸腾一遍

这大片的麻雀落下来

这大片的麻雀落下来

多像

上天写下的标点。将我前半生的

绵延红尘,分割成长短不一的想念

这一群翅膀落下来

让我的内心里的荒野,突然长满

待收的庄稼

绿皮火车

那个蛇皮袋子里

一定装有煎饼、煮鸡蛋

花生、瓜子和少量的钱

那个蹲在车厢接合部的少年

皮肤很白

让我想起了自己

初次出门时的样子

我猜在他的贴身口袋里

一定还有一把好看的木梳

火车启动时他的母亲

一定一直追着车窗

不停地喊

异乡人

如果给我一双翅膀
就让我做一只麻雀吧
没有人可以给我画地为牢
也不能为我定下天空的边界

麻雀大面积起飞
从一片树林投入另一片树林
没有人能说成一场迁徙
也不能给它们定义异乡和故乡

每天傍晚,大片的农民工们
从一段墙的豁口处拥出工地
我都在给这些灰色的身影
虚构出一双双翅膀

一根芦苇

一根弯下去的芦苇

俯向水面

像一把竹椅的扶手

水是平静的

接近不动声色

芦苇越用力就越折疼自己

每完成一次鞠躬

水面就多出几道皱纹

芦苇抬头时,就有

泪一样的水珠滴下来

水面就会跟着抽泣

即使活不成竹子

也依然满怀虚空

我不向母亲表达歉意

做一根挺拔的芦苇

不鞠躬,只在风中摇动

像一次次分离和重逢

低处的鸟

这些树苗实在太小了
一只鸟落在枝杈上
低于我的肩膀
我驱赶它
并指着远方的树林给它看
它却总是从一棵跳到另一棵

斜　坡

每次喝空的饮料瓶

我都不会丢在路边的斜坡处

而是放在平整的地方

留给弯腰拾荒的人

我曾经就是拾荒者

而我半身不遂的母亲

也曾在斜坡摔倒

加重了病情

人生中斜坡太多

唯有善念始终保持着一小块平地

尽管我的胸口那么小

仅仅只够站稳一只脚

装苹果

那些年在苹果园打工
我总是把大一些的
光鲜一些的苹果
装在箱子的底部
我希望买走苹果的人
逐渐露出喜悦的表情
希望一个陌生人
快乐的伏笔
和我有关

你不知道我多爱生活

早餐的露水

中午的光线

黄昏的晚霞

夜晚的月亮

凡是生活里闪光的,我都爱

我的爱如此泛滥

像大雨后的水流

带着盲目的慌乱

直到遇到你

才让我明白

我所热爱的

仅仅只是热爱你时

需要必备的前提条件

竹 子

剔除了血和肉

一天一天

把骨头往高处拔

作为植物,一年一年

把省略了的枝枝蔓蔓

都锤打成了身体里的节

逗 号

不小心摔了一下
手机屏幕留下了一个擦不掉的黑点
像一个逗号
每次阅读消息总想在那里停顿一下

你,要记住
不,要吃凉饭
不,要太熬夜

这些突然出现的停顿
让生活多了一点沉思
一些亲情富含了画外音

一个逗号

仿佛马路上的减速带

多么美好。一个逗号

像生命突然多出的关怀

山　洞

大山并不是铁石心肠

时常也会留一个心眼

以便收留走投无路的生灵

和临时避雨者

漫山遍野的木头也一样

羽翼未丰的雏鸟

从树洞飞出，踉跄一圈

又一头钻进洞中

万物皆有慈悲之心

土地掏空自己

给死去的命

一年一年留下我们的亲人

看似密不透风的岁月

预留了节日给我们

让我们流泪

让我们把自己掏出一个洞

露水没有落下来

推开窗

和一滴叶尖的露水对视

就像和含泪的眼睛对视

就像和一张脸对视

和一声呼喊

一场痛哭或一个拥抱对视

我等了很久

直等到太阳高照

万物色彩斑斓

露水却慢慢地消失了

如同一个人一声不吭

忍住了眼泪，在人群中

渐渐远去

伤 口

还有什么花，比得了桃花
背负诸多无端的罪名
却从不曾辜负季节

还有什么果实
比得过桃子，更像一颗心
渐渐地红了

还有什么树能像桃树
会用伤口治愈伤口
治愈我们手足开裂的童年

慈 悲

对于人类
牛羊是慈悲的

对于牛羊
草木是慈悲的

对于草木
大地是慈悲的

对于大地
死去的命是慈悲的

阳光下

当我经过凌乱的工地
阳光照耀着砖头
黄沙、水泥,也照耀着我
当我经过整齐的大街
阳光照耀着玻璃
徽章、匾额,也照耀着我

你看,无论我出现在哪里
阳光从不把我单独挑出来
让我出去
或者等在那里

阳光下
我和所有的事物一样
被温暖着,并反射着光

美好人间

与一只野兔在麦田偶遇
野兔高举双耳,一动不动
用警惕和我形成对峙
我尽量保持稳定
并慢慢后退,直到我们
从对方的视线里彻底消失
我用行为告诉一只野兔
这世间
有些偶遇并非意外
有些人,并无恶意

打工潮

每年春天

当农民工大面积撤出村庄

就像一篇文章被删去标点符号

所有情节都开始杂乱无章

那些白日的哭声,夜晚的泪水

以及抑扬顿挫的歌声或叹息

都失去了转折的依据

我一直无法描述这样的场景

在辽阔的大地上

工厂、车间、出租房

以及流水线上

到处都是散落的标点符号

等着被文字重新认领

写 诗

黎明是尖的

它会慢慢扎破夜的黑气球

当你推开窗

啵一下，所有的黑碎片

就崩散了

笔是尖的，像一把匕首

却一直在耳边喋喋不休

企图说服一张纸

所有的钉子

不是死于尖锐

而是在漫长的等待中

被想念锈蚀

我 爱

五点半起床,零点休息
中间的过程我愿意忽略
就像你爱我,也生气
也争吵,也胡搅蛮缠
然后又回到爱的圆周上

我爱这周而复始的生活
也爱生活里的小悲伤
小欢喜、小意外
如果我们老了
就让我们像一对坏掉的钟表
突然停在了某个时刻
让这个时刻成为永恒

灰烬万岁

喜欢过绿叶、花朵
喜欢过枝干、根茎
时至今日
我对灰烬心怀敬意

生而为树
没有萎靡于漫长的腐败
没有用木耳或蘑菇
掩盖内心的不甘和惊慌

而是用轰轰烈烈的燃烧
向热爱过的大地表明态度

倒　影

看这些柔软的水

是如何将这沉重的山

轻松倒吊的

像一位母亲,轻轻

提起婴孩的双脚

水也倒吊我,充满慈爱

让我在人间干干净净

无用之用

每次经过收割后的葵花地
总觉抬头不是,低头不是
左右也不是
收割向日葵的人
割去了果实
留下一地无用的秸秆
这些秸秆
不再左顾右盼
仰望或低头
却依然活着
有风吹来
照样舞动阔大的叶子

每次经过

我都无法抵御内心
对这种密集断头的恐惧
无法抵御对失去头颅
仍要保持站立不倒的恐惧

时间的水分

我在房间里踱步

一个来回

马路上的外卖小哥

已经消失在了九号楼的拐角

时间被他拧出大约五百米的水分

一对母子

聚少离多

天伦拧去他们半生的水分

还有的人一出生

就能将另一个人

一生的奋斗

拧成一条奔腾的河流

刻 章

那个戴着放大镜的人

在玻璃柜台上将我放大

用一把刀子

把一块方正的石头

挖得曲曲折折

把我坚硬的骨头从石头里挖出来

把我摁进一片红土地

让我的骨头布满血

把我摁在一群密密麻麻的人群中间

他说你看,这个就是你

我仔细观察

这块代表着我的石头

怎么看都像一块墓碑

很奇妙，我手捧自己冰冷的墓碑

在人间行走

举杯邀月

水到了哪儿

哪儿就是河流

停在哪里

哪里就是湖泊

水经过了粮食

现在它停在我手心的酒杯里

我让它荡漾

让它翻江倒海

让它成为喉咙里的瀑布

身体里的江山

月亮像一块橡皮

不遗余力地擦拭

仍不能把天空

擦拭成一张白纸

那些星星嵌入的笔画

并不能把天空翻过来

成为一张纸的背面

何况人间

这样的夜晚

我不停地从液体里取出火星

试图点燃一张稿纸

让一首诗

既有水的淡泊

又有火的激烈

要它们像篝火依偎小河

有蝉鸣,有飞蛾

和来来往往的乡亲

那时父母健在

乡音纯朴,那时的人

不醉不归

路

我们承认夜是黑的

所以才发明了灯和火把

我们承认路

需要光明的指引

所以更多的人

选择在夜里睡觉

白天走在路上

我问过盲人

怎么分辨白天和黑夜

他说白天暖和,夜里会冷

他还说白天身边会经过很多人

我让他领着我在路上走一段

我闭着眼睛

心里还是害怕

我缩回手

怕把战栗传导给他

让他误以为我很冷

熄灭他内心的光明

影 子

我想,这一生

一定是别无选择

我的影子

才会和我形影不离

如果允许

它应该一路向东

应该有一条

一直光明的路

它不应该有黄昏

当父亲的影子覆盖我

它就不会蹲下来

躲进我的身体

如果不是别无选择
它也不会模仿父亲
成为村庄
照不亮的那部分

老照片

当天空垂下雨丝
如一个人的披头散发
我的想念，就如木梳
纤细的齿。三十多年了
仍没有一根橡皮筋
能把这满天的青丝
束成一个人的马尾

日子总是不停地褪色
不停地把生活做旧
谁还在举着细碎的野花
站在桥头，向着流水抒情
谁还像一只奔跑的小兽
带着渴望和欣喜

谁还在青春的四角画蝴蝶

如今，我已关节劳损
并伴有风湿
如同那些定格的画面
在一张纸的边缘翻卷
每次展平
都像在连绵的阴雨里
活动我的半月板

献 诗

河流是水，雨雪也是水
这是我热爱人间的一个理由
朝霞是光，烛火也是光
这是我热爱人间的又一个理由

在人间，万物是慈悲的
阳光和向日葵，露水和小草
一场天气和两行热泪
都怀着同样的恩情

我确信，梦是生命的一部分
梦想更是。为了寻找
我们有时提着星月
有时提着风雪

有时提着，一颗心

我确信，从未如此
像现在这样，离得更近
一道道阳光穿过云层
和树林，在大地
写下一行行闪光的诗歌

竹子或扁担

竹子的骨气

是因为,心是空的

一个了无牵挂的人

很容易活出一身正气

而扁担则不同

作为竹子的一部分

需要承担生活的压力

一路吱吱扭扭

全是琐碎的唠叨和叮嘱

不是我矫情

总想起过世多年的母亲

曾经的孤儿

一身正气的铁姑娘

后来因为挑着我们

被生活劈成

三片四片的样子

春 天

我对四季常青的植物
一直心存芥蒂
而愿意把落叶乔木认作亲人
一次次在冬天为它们提心吊胆
当打工的人群在城市
大面积弥散开来,一年一年
和春天形成呼应
我都不能遏制发芽的欲望

的确是这样,我时常
万念俱灰,也时常死灰复燃
生活给了我多少积雪
我就能遇到多少个春天

刮　脸

理发师用一块热毛巾
捂住我的嘴巴
然后在一块布上磨刀
我感觉自己
是一只羔羊
他不允许从他手下脱身的人
还留有口齿之外的物体
哪怕是一根胡须

而我，从他磨刀开始
就选择了信任
人与人之间总是这样
太多的时候
我们因为信任变得干净、得体
容光焕发

老花眼镜

你们把老花眼镜

反复摘掉又戴上的动作

像极了我反复擦去眼角的泪水

这一生,总有太多的事

让我回味和珍惜

让我一提起就想泪流成河

而那些被擦去的眼泪

只留下一些模糊的泪痕

就像河流,流着流着就消失了

大地上,太多的河流

都曾经如此努力

最终没有抵达大海

我的池塘尚且清澈
常以鱼虾为借口,对于故乡
我还欠一次痛哭失声

开放的天空

一群天鹅经过天空时
一阵鸣叫也经过天空
像一个久别重逢的梦
我曾经多么渴望这样野心勃勃地飞翔
从南到北,从西到东

故乡的田园一直跳跃着麻雀、斑鸠、鸽子
低处的翅膀,如同我
和我任劳任怨的乡亲
拥有着羽毛却忽略了天空或被天空忽略

我见过笼子里的燕雀悠然自得的样子
叫声明亮而清脆
替江湖干涸了江湖

替天空关闭了天空

替夜晚盖上一块黑布

也不是所有的飞翔都轻盈

飞得最高的天鹅

起飞时双蹼踩过水面

每一步都那么努力,那么笨拙

都像是曾经的我们,每一步

都可以成为放弃起飞的借口

为了生活,我们好像忘记了

梦是一种天意,而梦想不是

我们曾经拥有过羽毛

如今就可以拥有飞翔

就能在天地之间,自由来往

让诗越来越 "矮小"

我写诗越写越短

读诗也是

每次打开手机

总是钟情于那些三言两语

而长一些的

读之前就开始担心

等餐的间隙读不完

我不想在送餐的途中

像一只鸟

叼着一只虫子在飞

这会让我想起

风雨中的鸟巢

和那些嗷嗷待哺的雏鸟

爱从不孤立无援

爱一朵花

就要首先爱上春天

爱一场雨

就要首先爱上云层

爱一颗星

就要首先爱上夜空

爱一个人

就要首先爱上人间

那些感到孤独的人啊

如果还不知道该爱什么

那就爱自己吧

爱了自己,就是爱了

父母的孩子,孩子的父母

爱从来不会孤立无援

只要你爱上了开端

就会爱上此后的蔓延

他都要碎了

提起过往,他的眼里

掉下了两块石头

一个坚强的人

就连悲伤

也像是从墙壁里拆出来的

他用了几十年的时光

把自己建成了一座城堡

被拆下的两块

叛逆的孩子是一块

离异的妻子是一块

现在风能吹进来

雨能灌进来

阳光和夜色也能照进来

轻也是一种重量

气球飞了

那个卖气球的女人

先是跟着追

一次次起跳

试图展开翅膀

后来蹲了下来

开始哭

轻也是一种重量

即使向上

有时也能压倒一个人

爱　情

一想到未来

我们俩要先死一个

我就忍不住偷偷看你

按顺序

我应该是先死的那一个

一想到将来　你需要

一个人关灯，一个人失眠

一个人自言自语

我就忍不住回头

对你的鬓发

你的眼角

又多看了一会儿

读书人习惯把这叫作爱情

自己就是一个世界①
——致董丽娜

十岁的时候

两扇门被慢慢关闭

尽管她扒着门缝

逗留了那么久

却再也没有听到门轴

"吱呀"一声

注定！她会是一个

没有光的人

如同巫婆的魔咒

无论双手合十

---

① 董丽娜是中国传媒大学首位视障硕士毕业生。2023年5月，作者在"诗颂烛光"晚会上有幸遇到她，被她的励志精神深深打动，特创作此诗。

还是握成拳头

都无法更改

咬紧牙关,她开始拆解自己

拆开胸口,让红日

和明月走进来

风霜雨雪也跟着挤进来

拆开头颅,让文字走进来

冷言恶语也跟着挤了进来

现在,她自己就是一个世界

立在尘世的对立面

她没有和尘世身贴着身

而是和尘世之间

保留出一个胡同

留给通行此处的其他人

生活从不亏欠任何人

我们是这个世界
后来的闯入者　所以
生活从不亏欠任何人
是我们一直向生活索取
不是我们抓不住时间
而是我们太匆匆
时间抓不住我们

我们总是夸大其词
把愁云形容成悲伤
把小雨形容成河流
而我们一生的悲伤
不过是时间的两颗眼泪
白天一颗，夜晚一颗
我们的快乐也是

一想到……

一想到剥离，我就感到疼痛
一想到落叶，我就感到温暖
想到大雪，我就感到明亮
想到了你，我就感到柔软

被压住的种子
因为弯曲变得更加倔强
就像被生活压弯的人
在时间的缝隙里来来回回

我想念的事物，因为有你
总在夜里熠熠生辉
很多往事如同星空
一盏灯亮了，整个人间就飞起了萤火虫

对于河流的认知

大汗淋漓

让他们和尘世之间

又多了一水之隔

我若靠近

就需握住这支笔

如同握住当年渡河的竹篙

落日把一天的影子展开

铺平。还给大地

像一天的利息。此后

就和夜晚两不相欠

所有的河流都在

黑夜燥热的脊背闪着光

我多想大地可以站起身来

揉一揉腰和他闪光的额头

把河流和疲惫还给红尘

允许天下众生仰起脸来

聆听一滴汗水

牙关紧咬的沉默和咆哮

在路上

房子建在哪里

哪里就是村庄

庄稼长在哪里

哪里就是田野

只有道路是认真的

要么正东正西,要么正南正北

工整得像亘古不变的道理

因为一望无际

所以天黑得很慢

高铁从德州拉起夜幕的边角

到了天津也没有遮盖完毕

裸露着的池塘

仍然是一面一面镜子

把白天过强的光线

纠正过来

岩 羊

总觉得岩羊像一个
离群索居的人
后来才有了自己的家族
当岩羊的叫声穿过山谷
我就仿佛看见一个站在绝壁
展开双臂仰天长啸的人
每次想到岩羊的叫声
我都忍不住驻足回头
好像自己也是一只岩羊

想到岩羊,就想俯身
放缓人间的陡峭
如果生命没有杀戮
岩羊是否

会从绝壁上走下来

向我们靠近

这样想时,风

就悄悄生出了一对犄角

在我身边蹭来蹭去

立起手掌

规劝岩羊从绝壁走下来

就像规劝离群索居的人

一步一步放下

对世界的芥蒂之心

劝那些行动迟缓的岩羊走下来

你太老了

那些陡峭不应该继续属于你

劝蹒跚学步的岩羊走下来

你太小了

那些陡峭还不应该属于你

我还要劝那些怀孕的母岩羊

也走下来

也许我太世俗了

所以对失足深怀恐惧

可我是那么希望岩羊

像一只正常的羊

被世界温柔以待

每次用手抚摸地图

抚摸喜马拉雅山、昆仑山、狼山

就想将那些耸立的绝壁抚平

将天下的枪声、刀剑、陷阱

逐一抚平

藤　蔓

篱笆提供的高度

不够这些藤蔓攀爬

所以藤蔓多出来的部分

就在空中挥舞

四处寻找落脚点

这让我想起我们的少年

四处寻找自己的理想

也曾对天空挥洒多余的激情

那些理想

由于长期找不到落脚点

大多断了头

重新返回篱笆

花　开

这些花，每一瓣

都像羽毛

当花一朵一朵绽放

一棵树

展开了自己的翅膀

我对这些，毕生

都寸步难移的生命

充满敬畏

一年一年举着自己的希望

从不放弃，成就人间

最美的风景

弯弯一枚月
——致 W．F

要经过多少抽打

一节遗落的鞭子

才能发出柔和的光

我也一路跋涉

遇到这把摇椅

滑过脸颊的泪行

并非由于痛苦

而是得到了岁月的抚摸

光辉和黑夜

不是来人间作对的

是和解。你也是

经过时光的打磨，五十六年

像一件精致的礼物

赠予这个世界

在你鞠躬的一瞬

所有的窗口都亮起了灯

无名烈士纪念碑

一只高举的臂膀

撑起了天空

这些无名的人

也可以拥有无数的姓名

现在是午后,雕塑

已被阳光照暖

同行的人说

这里适合流泪

我不,我选择沉默

像一件雕塑

用石头的沉默

发出最响的呐喊

豆腐坊

石磨还在，兜布还在

膨胀后的黄豆

也在水桶里沉浮

原以为水乳交融

是豆腐的本性

后来才知道卤水有毒

唯有豆汁的包容和理解

会让盐卤幡然悔悟

人间的清白

才会如同刚出锅的豆腐

清爽，丝滑，顺从

磨去了命运硌人的棱角

江海交汇第一湾

不到张家港湾，就不知道
平静的河，也有汹涌的一面
不知道一条河的有容乃大
且不说来来往往的船
几百或几十米
十二里河岸和十八相送
就连二十平方公里的双山
也不过，只是一座河心岛
今日有风，每个人飞扬的头发
也是江水流动的一部分

长江在此完成了最后一个大拐弯
是六千三百公里的最后一次回头
祖国的第一条大河，在此

遇到祖国的第一个内河保税区
用最后一个回身
挥了挥手
就把中华民族五千年的文明
拼搏和进取的精神
义无反顾地传播到大海

在溆浦

是山路就要突如其来

在丛林掩映里左冲右突

在乱藤灌木中东躲西藏

从一块岩石的后面一个身披斗笠的人

牵出一条小路

和一群硕大的黄牛

像是从大山的腹部

牵出一群新生的小山连着大山的脐带

这些新生的小山

都有着纯正的牛的叫声

只有从大山深处牵出的牛

才是见识了时间之重命运之深的牛

屈原岗

一个人在大雪覆盖的野外
独自行走，捶胸长叹

一个人在大雪覆盖的野外
独自行走，长发凌乱

一个人在大雪覆盖的野外
越走越远，直到把大地走空

洁净的露水

——致屈原

当年你怀抱石头

非要活成一棵树

非要看见人间

枝繁叶盛的样子

后来的我们

每一个叶片

都挂满洁净的露水

夹 缝

我曾经对这些
夹缝里的事物
深表同情
那些荒草和树木
活得如此艰苦
在石头和石头之间
寻找水和养分

可后来，我又觉得
大地上
幸亏有了这些夹缝
才有了这些野草
和树木的命

世界把我照亮

河水瘦时,蛇一样游走

有时,还用绳索

勒住村庄的出口

能逃的人都逃了

留下的老幼,像一群羊

我是自愿回来的

五十七岁的羊,已学会放下

小河温柔

像一条纯丝围巾

我捧起河水洗脸

小河竟然哭出了声音

这么多年来

承受着我对她的误解

依然爱着我的每一寸皮肤

我知道那个愧疚的人
依然好好地活着
人间的爱如此包容
从此怎能不更加
爱着这个人间

后　记

　　这是我的第五本诗集，也是较为全面地体现我不同阶段写作面貌的一本诗集。这些文字里，藏着一个完整的我：路上奔波的我，凝神思考的我，对生活一往情深、痴心不改的我……这个"我"是个体的我，也是"我们"的"我"，是作为普通大众一员的"我"。

　　这些年，我享受到了太多恩情的浇灌和阳光的照拂。世界赠予我太多：磨炼、关心、激励……让这一颗怀抱热爱的心，时时处于涌动之中。是的，正是热爱，让我勤恳地劳动，踏实地生活，真诚地写作——这本诗集曾经想以"热爱"做书名，正是基于这样的考虑。

　　我庆幸自己赶上了"新大众文艺"繁荣发展的好时候。"新大众文艺"的倡导，让来自各行各业的写作者，都有了被看见、被认可、被造就的机会。这是一件特别美好的事情，它启发了众多像我这样的普通写作者，意识到自己不是文学写作的局外人，也可以是一股为文学事业添薪加柴的力量；同时，也促使我这样的文学"素人"理性地看待自己、客观地看待他人，看到自己的不足，从而不断学习、不断思考，不断深化对文学的认识和理解，提升表现生活的能力，最终为自己设定更高的文学目标；看淡一时的成败，看淡名与利，更加踏实地生活，更加诚实地写作，去为追逐心中的文学理想而不懈努力。

让文学回归大众，或者说让大众爱上文学，是意义十分深远的一件事。能够成为这个文化潮流的见证者和参与者，是我的幸运。我常常设想这样一个画面：越来越多的普通人，忙完每日的柴米油盐，在夜深人静时拿起一本书，欣赏着作家、诗人们用心血凝成的作品。当真诚优美的文字像柴米油盐一样融入日常生活，生活将会变得更加快乐、更加充实，幸福感也会因此得以提升；物质生活和精神生活同时达到富足，这样的生活才是更值得羡慕的生活！

对我而言，能够成为一名诗人，既有必然性，也有偶然性。是生活哺育了我并造就了我的诗，是诗改变了我的人生。

在此诗集即将出版之际，我的心底有千言万语想要说出。我要感谢父母给了我生命，感谢我的故乡徐州对一个游子的呵护与关爱，也感谢第二故乡昆山给我提供了"远方"和追求幸福的空间；感谢日新月异的时代、酸甜苦辣又充满希望的生活，它引领着我、激励着我、启迪着我，也照亮着我，给我平凡的人生以意义、以价值、以花开；我还要感谢和我一样为生活而奔忙的同事及普天下所有普普通通的劳动者，他们的生活是我源源不断的写作灵感的重要出处；感谢娄江水畔、玉峰山麓这片伴我追赶时间的土地，我要说，我几乎熟悉这里每一条道路的纹路、每一栋建筑的轮廓，这些年的车轮奔波、伏案笔耕，都和这片热土息息相关。

最后，请允许我道一声：感谢诗歌！

王计兵

2025 年 6 月 6 日于昆山

热烈的爱国的心情。

每一曲歌，都能唤起我儿时的某一种心情。记述起来，不胜其烦。诗人云："瓶花妥帖炉烟定，觅我童心二十年。"我不须瓶花炉烟，只消把儿时所唱的许多歌温习一遍，二十五年前的童心可以全部觅得回来了。

这恐怕不是我一人的特殊情形。因为讲起此事，每每有人真心地表示同感。儿时的同学们同感尤深，有的听我唱了某曲歌，能历历地说出当时唱歌教室里的情况来，使满座的人神往于美丽的憧憬中。这原是为了音乐感人的力至深至大的原故。回想起来，用音乐感动人心的故事，古今东西的童话传说中所见不可胜计，爱看童话的小朋友们，大概都会讲出一两个来的吧。

因此我惊叹音乐与儿童关系之大。大人们弄音乐，不过一时鉴赏音乐的美，好像喝一杯美酒，以求一时的陶醉。儿童的唱歌，则全心没入于其中，而终身服膺勿失。我想，安得无数优美健全的歌曲，交付与无数素养丰足的音乐教师，使他传授给普天下无数天真烂漫的童男童女？假如能够这样，次代的世间一定比现在和平幸福得多。因为音乐能永远保住人的童心。而和平之神与幸福之神，只降临于天真烂漫的童心所存在的世间。失了童心的世间，诈伪险恶的社会里，和平之神与幸福之神连影踪也不会留存的。

廿一〔1932〕年九月十三日，为《晨报》作。病中口述，陈宝笔录

绘画与文学

回想过去的所见的绘画，给我印象最深而使我不能忘怀的，是一种小小的毛笔画。记得二十余岁的时候，我在东京的旧书摊上碰到一册《梦二画集·春之卷》。随手拿起来，从尾至首倒翻过去，看见里面都是寥寥数笔的毛笔sketch〔速写〕。书页的边上没有切齐，翻到题目《Classmate》的一页上自然地停止了。我看见页的主位里画着一辆人力车的一部分和一个人力车夫的背部，车中坐着一个女子，她的头上梳着丸发（marumage，已嫁女子的髻式），身上穿着贵妇人的服装，肩上架着一把当时日本流行的贵重的障日伞，手里拿着一大包装潢精美的物品。虽然各部都只寥寥数笔，但笔笔都能强明地表现出她是一个已嫁的贵族的少妇。她所坐的人力车，在这表现中也是有机的一分子：在东京，人力车不像我们中国上海的黄包车一般多而价廉，拉一拉要几块钱，至少也要大洋五角。街道上最廉价而最多的，是用机械力的汽车与电车，人力车难得看见。坐人力车的人，不是病人便是富人。这页的主位中所绘的，显然是一个外出中的贵妇人——她大